KB135498

오늘의문학시인선 359

사랑, 그리움 그리고 기다림

이재봉 시집

오늘의문학사

국립중앙도서관 출판시도서목록(CIP)

사랑, 그리움 그리고 기다림 : 이재봉 시집 / 지은이: 이재
봉. -- 대전 : 오늘의 문학사, 2015
    p. ;   cm. -- (오늘의문학 시인선 ; 359)

ISBN 978-89-5669-718-5 03810 : ₩8000

한국 현대시[韓國現代詩]

811.7-KDC6
895.715-DDC23   CIP2015030061

사랑, 그리움 그리고 기다림

삶은 사랑이다
끝없이 그리워하고 기다리며 산다
눈부신 햇살도 사랑하지만
단풍잎 날리게하는 가을 바람도 사랑한다
눈내리는 바람 모퉁이에서 삶이 쓸쓸해지면
고향도 그립고 옛 사람들도 그립다
억새꽃처럼 떠나신 내 어머니도 그립다
빈 가슴 채울 풋풋한 그리움 뒤에는
항상 기다림이 어깨를 감싸 안았다.
그렇게 산 세월들이 때론 아프고 때론 행복했기에 이 글들
을 썼다.
온전히 나의 위안을 위해 쓴 글들이다
혹시 당신의 위안이 될지도 몰라 빈 집에 이 편지를 부친다.

망설임 끝에 16년 만에 세 번째 시집을 출간하게 되었다
부끄럽다.
용기를 주신 '오늘의 문학사'에 감사드린다.

2015.10. 둔지미 마을에서

차례

차례

제2부_그리움

차례

제1부

사랑

왕촌 연가

꽃을 기다리고 기다리던
초록빛 잎새 하나
편지처럼 그 가슴에 부치니
그는 내게
초록 바람을 보냈습니다

그가 추신으로 보낸
칡꽃향기, 원추리꽃 하나
그리고 풀냄새 가득한 들바람
어느새 내 마음에 가득합니다

사진 갤러리 하얀집 마당에서 부르던
그대 아름다운 연가가
신록의 잎바람에 실어 보내져
느티나무 품안에서 포근히 잠든
순하디 순한 들꽃이 되었습니다

사랑의 고운꿈, 푸른 향기 가득 싣고
하얀 구름과 함께 달려 온
바람 배달부
빨간 사랑자전거 타고
왕촌으로 왔습니다.

왕촌 마을에서 2
— 님에게

신열이 나는 간절한 그리움 때문에
울음을 참기 어려워
흐르는 맑은 눈물 방울들이 비가 되어
왕촌 마을 도랑물 소리내어 흐르게 하니
아픔으로 지내던 고통의 시간들에 얽힌
조팝나무꽃들이 어루만진 봄은
환희로 피어납니다

건넛마을 산아래집 울 밖에는
살구꽃 복사꽃이 내 고향마을처럼 정겹고
먼 산 아득히 보이는 산벚나무꽃들이
산바람따라 밝은 웃음으로 내려오니
님의 고운 이름 위에
연초록 사랑을 새기며 잎이 핀답니다

배꽃처럼 하얀 님의 목덜미와 발목
제비꽃처럼 수줍은 님의 보라색 미소
버들개지처럼 뽀송한 님의 연둣빛 목소리
산철쭉꽃처럼 생명력 넘치는 님의 연분홍 사랑
물양지꽃처럼 밝게 웃음을 주는 님의 노랑색 순수

님이여!
풀물 든 가슴에 안기는
왕촌 마을의 봄은
언제 가 보아도 님처럼 정겹고 사랑스럽답니다.

왕촌 마을에서 3

산마을 꽃들은 밝다
계곡 물빛 닮은 맑은 이들의 웃음 때문이다
한낮 뻐꾸기 소리도 청명하다
산벚나무 초록 열매를 먹고 자랐기 때문이다
앞강 물비늘이 유난히 반짝인다
저녁 하늘 철새들의 울음소리를 듣고 흐르기 때문이다
꽃들이 저 홀로 피었다 지는 줄 알지만
하얀 구름을 데리고와 감싸준 바람 때문이다
산아래 허물없이 다가와 피어 준
작은 꽃들이 있기에 사람들이 서로 사랑한다
꽃을 보고 사랑한다
그래서 산골 마을의 사랑은 순하디 순하다
찔레꽃 덩굴 속에 숨어있는 맑은 샘
내 사랑은 그렇게 감추어져도
산내음처럼 은은하고 맑게 솟아오른다
산마을 산비들기 보금자리 같은
오늘도 가지 않을 수 없던 그 마을.
산이 높으면 별들도 많이 와 산다
실개천에 내려와 산다.
산어름 들꽃도 별이 된다.

칠월에 내리는 눈

어젯밤 늦도록 첫눈이 내렸어요
그 님 생각이 별이 되어 내렸어요
칠월에도 사랑의 눈이 창가 가득 내렸어요
가장 빛날 때 가장 고독하던
칠월의 별빛
내가 소유한 모든 것을 눈밭에 버리고
오직 한 별만 보았어요
첫눈으로 내리는 하얀 별
어두운 창가가 환해졌어요
첫눈 같은 당신 때문에.

오월 어느 날에

새벽 눈 뜨면
누가 나를 부를 것 같은 날,
그 어둠 속에서
누가 나를 찾을 것 같은 날,
고독한 바람이 스치는
새벽 창가에 앉은 침묵 사이로
바람에 흔들리는
작은 풀잎처럼 나를 흔들며 다가온
저 동트는 노을 앞에서
나는 오늘도 착하게 사랑하고 싶다.

시리도록 푸른 오월 어느날
거대한 산그늘에 안긴 작은 호수처럼
내 사랑의 작은 소망, 그대 맑은 눈빛,
산꽃처럼 평화로운 고즈넉한 산어름에 안겨
둘이서 마주잡은 순수가 너무도 겸허해서
차라리 늘 한 자리에 서 있는
나무처럼 사랑하고 싶다.

가슴 떨리던 꽃향같은 그대 체취에 취해
고운 바람이 어루만진 하얀 속살같은 날들을

문득 나에게 찾아온 흰구름과 함께
통나무 그네에 앉아 산새들의 노랫소리 들으며
영원한 나의 사랑을 위해
초록 바람이 머무는 둘만의 집을 짓고 싶다.

내 마음에

내 마음에
연못이 하나 있다면
하얀 연꽃 하나 심었으면 좋겠다
마음이 탁해질 때
맑게 정화할 수 있게

내 마음에
작은 동산 하나 있다면
나무 한 그루 심었으면 좋겠다
늘 맑은 목소리를 갖은
새들의 노랠 들을 수 있게

내 마음에
고즈넉한 들녘 하나 있다면
들꽃 하나 품고 살고 싶다
바람이 불면 같이 흔들리고
비가 오면 같이 비를 맞는 동행이 될 수 있게

내 마음에
작은 옹달샘 하나 있다면
늘 마르지 않았으면 좋겠다

메마른 가슴을 가진
나그네의 위로가 될 수 있게

내 마음에
작은 등불 하나 있다면
늘 밝은 세상을 보며 살고 싶다
빛이 없고 짙은 그림자만 남는 날에도
등불 하나를 보고도 환히 웃을 수 있게

내 마음에
십자가 하나 있다면
늘 기도하는 삶을 살고 싶다
용서하며 사랑하며
낮은 자리의 행복을 찾을 수 있게

산디 마을에서

흙의 향기가 저렇게
진녹색으로 변하다니요
언제나 정직한 당신처럼
꼿꼿한 사랑의 작은 길 옆
아기밤나무도 산딸기나무도
저 흙의 향기따라
나를 지극히도 사랑해주네요

언젠가는 노을처럼 떠날지도 모른다는
이 행복의 들길에는
산포도 처녀가 노랠 부르며
꿈길처럼 걸어갔을 거예요
연약한 당신의 허리를 감으며
숨어피는 작은 칡꽃 같은 순정
당신 너무 예뻐서 산디마을 도랑물 곁에서
이렇게 애절한 눈빛을 보내는지도 몰라요

노오란 애기똥풀꽃들이
수줍은 입맞춤을 바라보는 저녁나절,
돌담길 옆 달맞이꽃들이
반쯤 눈을 뜨고 내게 준 웃음,

길게 목 늘이고 바라보아 준
호랑나리꽃의 애틋한 눈빛,
그 뒤에 선 나는
하루가 한없이 고마웠어요.

다시 산디마을에서

산야가 푸르던 날 들꽃도 덩달아 피었다.
열매를 맺기 위한 싱싱한 바람도 불었다.
구름이 지나고 비가 스쳐가고 눈도 내렸다.
그래서 봄은 다시 찾아 왔건만
바람은 눈을 감고 새싹을 쳐다보았다.
인고의 날을 견뎌온 민들레꽃도 피어나지 못하고
저만치서 기억 속에 묻혀가고 있었다.
아쉬움 가득한 지난날만 회상하며…
구름이 되어 흘러가는 산디마을의 봄만 보고 돌아왔다.
멀어져 가는 산디마을
기억 속의 그날이 벌써 슬픔으로 다가왔다.
봄바람이 구름을 데리고
산성 너머로 떠날 준비를 하고 있었다.

내 마음의 촛불

당신의 환상만 꿈꾸던 어느날
붓꽃 같은 당신의 사랑이
긴 세월 깜깜한 밤이 된 내 마음에 들어와
환한 촛불이 되어 주신 당신
이 추운 날에도,눈바람 치는 날에도
손 모으는 간절한 소망이
어느새 내 마음에 들어와
뜨거운 촛농같은 눈물이 되었습니다

사랑한다는 말을 생각만해도
눈가에 맺히는 눈물
사랑한다는 말을 듣기만해도
울면서 기뻐했던 환희

그러나 이제 조용히 사색하는 내 사랑이
비바람에 꺼지지 않도록
나만의 작은 울타리를 만들어
마지막 기도 같은
내 마음의 촛불을 지키렵니다.

그대 그 존재

커튼을 열면
빛무리 가득한 거실에
밤새워 슬프도록 검은 눈으로
사랑이란 이름을 가슴에 안았던
하루의 싹이 돋아난다.

그대 존재하는 것만으로도
내겐 기쁨이 이토록 가득한데
때로는 환상 속에 빚어진
그림자 놀이처럼 일순간에 사라지는
저 언덕의 바람같은 내님, 얄밉다

매일매일 내 가슴에 피어나는 그대라는 꽃
밤마다 그리움이 범람하는 이 가슴에
기다려도 오지 않을 줄 알면서도
이제 내게 남은 마지막 순정이
거대한 바위에 붙은 석부작의 소나무처럼
바람에도 흔들리지 않을 그 이름이 되었다

잿빛 구름 너머에 가득한
밝은 햇살 같은 그대가 있기에

살에 박히는 아픔이 와도
사랑하는 사람의 시간 속으로
감정의 왜곡없이 순하게 살련다.

詩를 읽어주는 여인

봄 햇살이 연두잎으로 피어나던 날
호변으로 난 숲길을 따라
유순한 바람이 나를 깨우듯
그녀는 기어이 봄꽃이 되어
까르르 웃어주는 봄꽃이 되어
내 곁에서 피어났다

눈웃음으로 맞이한 민들레 핀 봄언덕에서
집안에서 가꾸어진 꽃보다
누가 눈여겨 보아주지 않아도
저 혼자 제 철에 피어나는 들꽃을
더 사랑하는 이유는
그녀의 순정이 꽃 속에 숨어있기 때문이다

가방 속에서 언제라도 꺼내드는 시집
시인의 마음이 책속에 숨어서 사랑이 되고
시인의 꿈이 살아서 마음의 양식이 되는
좋은 詩語들을 혼자 가지고 있기엔 너무 아까워
달리는 차를 세우고 호변에서 시를 읽어주던
그녀의 기도는 연둣빛이었다

살구꽃 진자리에 빨간 아픔이
초록 열매로 맺을 날을 기다리며
詩가 좋아 시를 읽는 날마다
하이얀 순수가 마음 그득 고여드는 날
연두색 순정이 책갈피마다 물들일 때
시를 읽어주던 그 여인이 그립다.

곰나루 연가

노송(老松)이 우거진 숲길로 난 길에
여미산(餘美山) 산바람이 지나갑니다
기다려도 기다려도 오지 않는 님을
강가 바위에 앉아 기다리던 곰의 연가가
웅신각(熊神閣)사당 안에서 들려옵니다
남은 여생(餘生) 그대만 사랑하다 떠날 내가
곰 돌조각상처럼 보여지기에
그대 따슨 가슴에 얼굴을 묻으며
슬픈 그리움을 생각하지 않기로 하였습니다

나루터로 나가 보았습니다
먼 강언덕에서 손짓하는 그대
반가워 자세히 보니 억새꽃였습니다
살며시 와서 잡은 손
따스한 양지에 핀 좀씀바귀꽃였습니다
가지말라 붙잡은 바지가랭이
까맣게 익은 도둑놈의 바늘였습니다

내가 사랑하는 사람은
백련화 같은 하얀 순정을 갖은 사람입니다
내 가슴에 숨쉬는 노래는

곰나루 연가 같은 지고지순한 사랑입니다
웅진(熊津) 나루에 배는 없어도
내 마음엔 항상 그대가 떠 있습니다.

당신의 기도

쓸쓸한 낙엽이 지는 날에도
시린 햇살이 머물던 자리도
양지 바른 언덕에 핀
늦깎이 꽃들처럼 피어
당신의 기도 하나로
사랑하며 살으렵니다,

산국화처럼 숨어 핀
피안(彼岸)의 메아리로
가을 언덕을
외로운 영혼이 떠 돈다해도
당신의 기도 하나로
위안을 삼으렵니다

저만치 서있는 그리움이
고통처럼 밀려와도
당신의 두 손 모은 기도를
내 마음방에 불러들여
아침의 창을 열면서
당신을 그리워 하렵니다

해 뜨는 저 뜨락
당신은 아직도 영롱한 이슬
나는 차가운 가을산
바람부는 가을길 억새꽃처럼
당신의 기도 하나로
기다리며 서 있으렵니다

당신을 사랑했던
운명 같은 날들이
연보랏빛 국화송이로 피어
당신의 기도 속에서
모든 염려 바람에 맡기고
편한 밤 별과 달을 보렵니다.
눈감으면 보이는
나의 사랑
태워도 재가 되지 않는
주홍빛 사랑
나의 영토 안에서는
당신은 영원한 꽃이기에
당신의 기도 하나로
나도 꽃이 되렵니다.

용두 해수욕장에서

해송이 우거진 작은 해변
은빛 모래가 파도에 밀려오면
속삭이는 너의 밀어가
파도 되어 가슴에서 너울진다네

우리네 인생 일엽편주 (一葉片舟)
저 너른 바다 위 요트같이
흔들리며 살 텐데
등대처럼 서 있어야했던
나의 어깨를 감싸안은 너는
해무(海霧) 같은 포근함이라네

작은 벤치에 앉아
세월에 묻혀있던 노래들을
마알갛게 씻어
바다로 달려가는 바람에게
사랑하는 마음을 전하려하네

쓸쓸한 가을 해변에
가냘프게 핀 해국(海菊) 한 송이
너를 닮은 것 같아

용두 해수욕장 솔숲에게

잘 지켜달라고

부탁하며 돌아서네

* 용두 해수욕장 : 보령 무창포 해수욕장 가는 길 옆에 있는 작은
해수욕장.

백련화(白蓮花) 곁에서

어느 낯선 산마을 지나
마음대로 구부러진 연못에
하늘이 하얗게 잠든 白蓮花 한 송이
구름과 바람이 불러 온 백로 한 마리
바람 한 점으로 연꽃에 안긴다

들풀 냄새나는 당신 가슴에
水蓮꽃 한 송이라도 더 피워보려고
간절한 기도로 나의 두 손을 모아보니
그 속에 白蓮花 살며시 눈을 뜬다

진흙탕 속에서도 하얀 꽃을 피워내고
속세와 번뇌 속에서도 노오란 꽃술을
순수하게 간직한 하얀 피
아!
나는 진땀 나도록 많은 세월을 인내한 후에야
소중한 꽃 한 송이를 얻어 두 손에 바쳐들고
날마다 환희의 찬송을 부르는 사랑의 사제.

나의 창을 열고 살며시 드리운 향기, 그 맑은 햇살
내 몸 속에 들어와 잠긴 하얀 구름하늘이

평화롭다, 사랑스럽다, 순결하다.
아수라의 세계에서도 하얗게 한 잠 자고
밝게 웃어주는 白蓮花.

당신은 가을입니다

당신은 가을입니다
가을 숲으로 걸어들어가는
외로운 나그네를
붉게 타버린 저 산처럼
나를 당신의 사랑에 물들이는
당신은 가을입니다

당신은 가을입니다
꽃 진 자리
알찬 열매가 익어가듯
행복의 열매를
몽알몽알 사랑으로 익어가게 하는
당신은 가을입니다

눈물나도록 아름다운 가을
욕심없는 저 파란 하늘
위에서 아래로 내리는 낙엽 같은 겸손
글 속에도 음악이 흐르는 평화
당신이 가을이기에
나도 가을입니다.

만인산 숲길에서

하늘도 초록, 작은 호수 물빛도 초록
산길과 함께 물든
초록빛 산길에서는 당신도 초록였지요.

나를 살며시 안아 준 고운 숨결 속에는
자귀나무 환한 꽃등 같은 오전 햇살이
연초록 새순처럼 숨쉬고 있었지요

아기 다람쥐 솜털 같은 순한 사랑을
아무런 욕심없이 내어 준 당신에게
산소 같은 사랑을 주어야겠다고
이젠 아파도 외로워하지 않겠다고
숲길 나무들에게 약속했었지요.

'목련화'를 부르며, '사랑이여'를 부르며
조금씩 비워두어도 당신이 채워 줄
행복을 손잡아 보았던 만인산 숲길.
행복이 익숙해지는 날에는
숲속 빗소리도 음악이 되겠지요.

대청호변에서

유월의 초록물이 범람하는
호변의 가로수 터널길을 따라
길 가 언덕에 핀
노오란 금계국의 미소를 받으며 들어 선
어느 작은 호변 마을이
마치 그림처럼 아름답다

해저녁 노을을 고요한 눈길로 맞으면
호수 위 철갑 잉어들의 청비늘 같은 물결들이 다가서고
그 저녁 텃새들 소리와 풀벌레 소리에 묻혀
그대 팔벼개에 잠들고 싶은
황토집 마당 가 토방에 앉아
별이 없어도 옛이야기 가득한 저녁
가슴 가득 풍선처럼 사랑을 모아본다

대청호변에 서면
그대가 어느새 잔잔한 물이 되고
풀물 든 고향 같은 가슴이 된다
그리고 어린날의 연가(戀歌)가 된다.

내 마음속의 당신은

마른 가지에 연초록 잎이 돋아오른
지난 겨울 천번의 시련을 이기고 나서
포근히 다가서는 솜털 같은 버들개지었어

기도처럼 간절한 침묵
언덕 밑에 숨어 핀 제비꽃 하나
당신의 따스한 눈빛에 사로잡힌 봄날이었어

해저녁 강노을처럼 쉽게 수줍어져서
홍안의 미소로 살며시 다가서는
명자나무꽃 핑크빛 순정이었어

사색이 깊은 검은 눈동자 속에는
호수 위에 떠 있는 하얀 철새 한 마리
나에게 노를 저어 오라는 손짓이었어

행복이란 말을 잊어버린 어느 날
향기로운 선율을 타고 온 천사
꽃씨 하나 마음 속에 심어 준 사랑이었어.

길 벗

깜깜한 밤
별빛이 창가에 부서지면
그대가 보내준 시를 읽고
그대가 말해준 언어에 맺혀
밤은 깊어 갑니다

그 밤
나는 쓸쓸히 걸어가는 나그네.

그대, 그냥 지나쳐도 될 바람인 것을
눈여겨 나를 불러 세워 준
그 고마움에 눈시울을 붉히며
별빛 내리운 골목길을
길벗으로 여기며 걸어갑니다.

그런 당신이 되어 주세요

지금껏 걸어온 길이 혼자였다면
이제 혼자 가지 말아요
홀로 핀 작은 풀꽃을 보고도
혼자서 기뻐하지 말아요

이 세상 어느 곳에서도
그저 당신이 있어서 행복하다고 생각하세요
먼 훗날 천국에 가서도
이승에서 가장 행복한 순간을 말하라면
주저없이 "당신 곁에 있을 때"라고
말할 수 있도록 같이 걸어가요

별들은 언제나 당신 곁에 빛나고
태양이, 달빛이 우리들 사랑을 비추고
꽃은 우리 속에 향기를 보내주고
희망은 내 곁에 우릴 위해 언제나 머무른다고
세상이 온통 우리 둘만의 공간이 되게하는
그런 울타리 같은 당신이 되어 주세요

꽃이 피어나서 질 때까지 언제나 아름답진 않아도
꽃씨 속에 숨어있는 따뜻한 흙이 있어

나를 아름다운 꽃으로 만들어주는
그런 따뜻한 당신이 되어 주세요
장미는 가시가 있어서 향기가 난답니다
아카시아꽃 향기가 멀리 날아가는 이유도
가시가 있기 때문이랍니다
나의 가시를 사랑하시는 당신이 되어
인고의 세월들을 향기나게 해주시는
그런 사랑의 당신이 되어 주세요

인생엔 형식도 연습도 없다기에
긴 세월 기도 끝에 다가온 손
망설이지 않고 잡았던 우리
당신은 언제나 내 안의 주인이고
나는 당신 안의 길동무가 되어주는
그런 동행의 당신이 되어 주세요

당신은 신이 주신 가장 고귀한 선물
그래서 나는 오늘도 내일도 내 인생의 보석 창고에
당신이 빛나도록 닦고 다듬어
나만의 축복에 당신이 빛나고
당신의 사랑이 나의 빛이 되는

그런 빛나는 당신이 되어 주세요

제 손은 당신 앞에서는 언제나
기도하는 빈 손이 되고 싶어요.

*결혼하는 신부에게 쓴 축시

사랑

어둠 속에서도
밝은 미소가 떠올라요
덩달아 환해지는 마음
그것이 사랑인가요?

솔숲향 짙은 작은 오솔길
그대만 생각하면
연분홍 싸리꽃으로 피어나는
그 길이 사랑인가요?

흰 달빛 아래
달맞이꽃이 되어
밤새워 그리움에 젖는
그 시간들이 사랑인가요?

제2부

그리움

고향집

화사한 웃음으로 맞이하던
코스모스 신작로
내 어릴 적 이름은
그 풍광 속에서 가물거린다.

날 키워 준 실바람이
골목 뒤에 숨어 있다 나오면,
먼발치 사립문 앞에서
목 늘여 기다리던 울 엄니가
이젠 저 산기슭에서
억새꽃이 되어 손을 흔든다.

꿈속에서도 그립던
내 고향 실개천
구릉 너머 작은 집에서 종일
어머니 아늑한 품에 젖는다.

한가위 연가

마당가 초저녁 별이
들풀과 속삭이고
실개천 흐르는 물소리들이
풀벌레와 노래하는 곳
고향 마을 그 여인 보고 싶거든
한가위 보름달 앞마당 가득하거들랑
물봉선 으깨어
자주색 그리움을 색칠하소서

지금도
사랑하기에
이토록 못 잊어
문신처럼 지워지지 않는
그리움 하나 가슴에 안고
홀로 한가위 달을 보는
망초 같은 들풀이고 싶다.

사위질빵 꽃

내 혼이 그리움의 끝이라면
하얗게 바랜 기다림이
낯선 숲 가
하얀 별이 되었을 것이다.

작은 꽃만 보아도
그대 이름으로 이어지던 날들,
산모롱이 노을빛 바람이
슬픔을 승화시키던
가슴 떨리던 날들

솜털 날개 달고 세상으로 떠날 때
나는 사랑의 샘 하나
가슴에 파 둘 것이다.

봄비

산수유 꽃망울 같은 노오란 레인 코트를 입고
호변의 찻집에 들어서던 단발머리 그녀
봄햇살에 핀 백목련처럼 환한 미소가 아름답던
그대, 지금은 어디에 계신가요?

날마다 첫봄 연둣빛 잎망울처럼 수줍던
가녀린 마음들이 사랑의 언어가 되어
벚꽃처럼 톡톡 터뜨리던 연분홍 입술
그대, 지금은 어디에 계신가요?

비안개처럼 포근한 마음을 가진
그러나 때론 우수에 젖은 검은 눈동자
숙명 같은 이별 앞에 사랑을 아파하던
그대, 지금도 빗길 위를 걷고 계시나요?

하염없이 내리는 차가운 봄비가
무거운 선율에 젖어 흘러내리는 호변의 찻집
옛 생각에 젖어 슬픔이 빗물처럼 고여드는 창가에서
그대, 지금도 나를 생각하고 계시나요?

개똥벌레

개울 가 언덕에 버려진
똥무덤이
나의 집이라네

밤이면 밤마다
그리움 싣고 달리던
저 완행열차의 희미한 불빛따라
나는 님을 찾았지

낯익은 별들이 찾은 깊은 계곡
밤새 발 묶인 그리움이
차디찬 도랑물에 씻기우면
나는 님을 기다렸지

어둠이 짙은 산길
님이 찾아오지 못할까
내 가슴 속 램프를 켜두고
밤마다 사랑하는 님을 기다리는
나는 개똥벌레.

가을 앞에서

사랑하는 사람아
내 詩 속으로 걸어오렴
그 속에 사랑도 그리움도 기다림도
가을잎처럼 익어가는
나의 고운 마음이 있단다
말이 없어도
조용히 색을 입히는 나뭇잎처럼
내 마음 익어서
감격스런 오색 눈물을 흘리게 된단다

언제나 마음을 감추고 싶어했던
잔잔한 너의 미소도,
밤마다 별 달이 되어
익어가던 내 사랑의 이야기도,
액서사리를 좋아하던
소녀 같은 너의 아름다움도,
이제 내게 살며시 다가오는
온유한 사랑이 되었단다

볼 때마다 아름다운 색깔로
바꿔입는 단풍처럼

이 가을 앞에 선
너는 아름답단다.

짝사랑

처음엔 그저 다가가기 어려워
먼 발치에서 바라만 보았지요
눈부신 그대 앞에 있을 때면
내 마음 들킬까봐 안 그런 척도 했지요
날마다 혼자만 앓는 병을
깜깜한 밤 별들에게 고백도 해보고
저녁 노을에 편지도 써 보았지요

그러나, 그러나, 그러나
마음의 병은 불치병이 되고
고백해야지하며 다가갔다가
용기 없어 돌아서는 등 뒤엔
노을만 혼자 불탔지요

추위 속에서도 떨며
꽃은 피어나듯이
내 사랑이 노래가 되어
그대 가슴에 전해진다면
사랑의 홀씨 싹 틔워질까?

바라만 보아도 좋은
하얀 백련화 같은 꽃으로
맑은 연못에
곱게 피어나겠지요.
내 사랑 그대….

코스모스

밤새 외로움에 떨던
저 하늘나라에서 떨어진 별들이
코스모스꽃으로 피었구나

희고 지순한 사랑을,
빨갛고 정열적인 사랑을,
열다섯 연분홍 순정을,
노오란 꽃심에 묻어
찬 서리 같은 냉혹한 날에도
눈물겨운 이별이
까맣게 씨로 맺혔구나

가냘퍼서 슬픈 꽃,
외로워서 아픈 꽃,
하얀 슬픔들이,
빨간 아픔들이,
연분홍 추억들이
찬바람에 날아가고 있구나.

알밤 줍는 여인

진자주 토실한 알밤이
가을 아래 나뒹굴고
잘 익은 세월만큼이나
성숙한 밀집모자 쓴 여인이
사랑의 알밤을 줍는다.

이토록 기쁨을 준 알밤은
봄부터 보살펴 준
따사로운 햇살과
보드라운 바람과
촉촉한 손길의 빗방울들이
키워준 사랑의 선물이다.

한 겹 한 겹 벗기면
새로운 속살이
결국은 백옥 같은 살결로
사랑 앞에 설 때
찔레꽃보다 더 하얀 미소를 가진
알밤 줍는 여인
숲속에서 꿈을 꾼다.

그대 그리워서

그대 그리워서 숲길로 갔지요
적막한 그 길 옆
언제나 그대 앞에 서면
내 마음 들킬까봐 얼굴 붉어지던
내 모습이 분홍 싸리꽃으로 피었어요.

산길, 호젓한 그 길에서
나 혼자 있어도
가슴 두근거리며 살며시 불러보던 그 이름
내 마음에 흐르는 그리움이 사랑이 되어
작은 도랑물처럼 노래하고 있어요.

밤새워 별들이 놀다간
이 초롱꽃 동산에도
그대 눈망울 같은 꽃봉오리들이 피어나면
내 마음 어찌 가늘 수 없어
그대 그리워 나는 바람이 될래요..

선물

아! 나는 무슨 복이 이렇게 많길래
날마다 가슴 가득 선물을 받는 것일까?

아침이면
새소리와 함께 다가오는 맑은 명상.
숲 가 샛바람이 싣고 오는
자잘한 산꽃들의 미소.
그리고 날마다 새벽달 속에서 깨어나는
아름다운 그대 환상.

한낮 고요한 시간마다
내밀한 나의 모든 언어들이
책 속으로, 마음 속으로 아름답게 수놓는
가장 순결한 시간들이
남모르게 나를 감동시키는 시간의 선물.

저녁 어스름이 내리면
오늘도 사랑과 봉사와 배려하는 마음을
조금씩이라도 주신 그 은혜에 감사하며
바람 같은 마음 한 점 어쩌지 못하면서도
그대 생각에 잠들 수 있음이
얼마나 큰 선물인지요?

고향 풍경

아늑한 *청천호 호숫가
아침 물안개가 자욱이
신비한 산수화를 그리고
한 낮의 산뻐꾸기 울음으로
산나리꽃 수줍게 볼을 붉히는 곳,
외딴 숲길 고목나무 위에 핀
칡꽃향이 아랫마을로 내려오면
그리워하다 그리워하다가 비에 쓰러진
상사화 흐느끼는 폐가엔
장마 바람만 습기 머금고 머문다
어쩌다 울 너머 고개 들어 내다보는
접시꽃 한 송이
주인 없는 집을 홀로 지킨다
머리가 허연 할미만큼이나 허름한
시골집 몇 채
개망초꽃만 무성히 피어있다.

* 청천호 : 충남 보령시 청라에 있는 호수

아픈 사랑

사랑해서 아픈 꽃은
기다림 하나로 긴긴 여름날 낮을
달님 생각에 눈감고 기다리는
달맞이꽃였습니다

외로워서 외로워서 그리워하면서
산모롱이 홀로 핀 산나리꽃
만나지도 못하는 안타까움에
바람길 등지고 고개 늘여 기다립니다

푸른 소나무빛 어리는 작은 개울에
노오란 물양지꽃 얼비친 창백한 얼굴처럼
산디마을 입구에 핀 상사화 때문에
온 종일 아파하며 눈물집니다

기다리는 것도 사랑입니다
그리워하는 것도 사랑입니다
아파하는 것도 사랑입니다.

그대 103

밤마다
눈을 감고 가만히 있어도
그대가 걸어옵니다
밝고 환한 얼굴로
산꽃그늘처럼 내게 다가와
그대만의 진한 향기를
내 옷섶에 가득 뿌리고 갑니다
산딸나무 초록잎 위의 하얀 꽃잎처럼
상큼하고 순결한 미소
그리고 작은 떨림,
밤마다 그대 그리워
작은 기도 속에 잠듭니다.

청산도에서

긴 파도의 너울처럼
작은 섬의 기다림처럼
푸른산 언덕 청보리밭 바람처럼
저녁 노을 속의 흰 갈매기처럼
살며시 다가선 봄바람처럼
어느 봄 내 곁에 선 당신
봄빛이 푸르게 물드는
아름다운 청산도에서
서편제 애절한 노래되어
내 가슴을 울린다.

느림과 여유로움의
작은 미소 하나
가슴에 심고
오늘 나는
청산도 되어 잠든다.

살아 온 날, 그리고 살아 갈 날
저 먼 바다 끝처럼
그런 사랑으로 울렁이며 살자
파도 너울이 끊이지 않는
이 청산도처럼.

냉이 엄니

동네 어귀 양지바른 밭뚝에
새초롬 돋아오른 초록냉이 맞이에
울 엄니
냉이 바람 치맛자락 가득 안고
소쿠리에 몽당칼이며 호맹이 넣고서
휘이휘이 걸어가던 고향 밭뚝
엄니 따라 봄은 우리집으로 왔다

쑥이며 냉이며
봄을 한 솥씩 삶아내어
무침과 부침개 그리고 냉이 된장국
봄맛은 엄니 손바닥에서 왔다

따사로운 봄볕 맞으러 나간
엄니 따슨 등짝에
노랑나비 한 번 앉았다 가고
흰나비 한 번 맴돌다 떠나고
엄니는 냉이꽃 냄새나는 쪽을 찌고
봄따라 하늘나라로 올라가셨다

해마다 냉이는

그리움처럼 봄 따라 돋아나건만
울 엄니는 어디 계실까?

해파랑길에서

오류도 돌아
해송 숲길 옆
솔바람에 세수하고 앉은
가을 아씨 쑥부쟁이들이
바다 건너 해운대의 햇살을 안으면
목선들이 물너울에 춤추고
해파랑길은
파도의 포말에
외로움을 달래고 있다

농바위 아래
백운포 해안가에는
돌고래 같은 싱싱한 해녀들이
물함박에 희망을 담으며
해안 절벽에
긴 휘파람 소리로
삶의 메아리를 만든다

오류도 하얀 갈매기 등대섬
물너울 따라 계절은 바뀌고
사랑 따라 꿈은 커 가건만

맑고 고요한 노래는
멀고 먼 남해의 항구에
영혼의 울림을 다듬는
뱃고동 소리만 허허롭다.

그 칠월에

자귀나무꽃 산 어귀에서
삐비풀을 뽑아 손떡 만들어 주던
풀냄새 나던 순임이가 그리워
칠월만 되면
능소화 피던 빨간 기와 담벼락에
백합꽃 같은 순정을 심어놓고
열세 살 적 사랑꿈을 꾸었었다

텃밭에 무성한 콩대 사이로 들어가
까막살이 열매를 따서 주던
까만 눈동자 순임이가 보고파서
칠월만 되면
선머슴 같은 엉겅퀴꽃 밭둑에 서서
이사 떠난 작은 신작로 길을 바라보면
그녀 떠난 꽃노을이 그렇게 서글펐었다

울창한 수수밭 이랑 사이에서
긴 머리 날리며 숨바꼭질 하던 날
꽈리 불며 오물거리던 순임이의 동그란 입이
칠월만 되면
하얀 낮달 속에 살아나 내게 다가오던 날

달맞이꽃 피는 저녁 시냇가 뚝방에 서서
그녀를 사리(舍利)처럼 가슴에 묻었다.

七甲山

푸르다 푸르다 푸르다
하늘빛도 땅빛도 물빛도
맑은 빛으로 남아
초록을 물들이다

생명의 始原 七甲
백제의 혼이 서린 땅 칠갑은
일곱 가지 능선이 뻗은 계곡 사이로
맑고 맑은 까치내가 흐르고
장곡사 그 품에 안겨
초록에 속세를 묻다

땀에 젖은 베적삼을 입은
시골 아낙
곱게 빗은 쪽머리 너머로
산그늘이 내리면
산 밑 터밭에 앉아 콩밭 매던
그가 바로 그립던 울 엄마다

천장호
그 속에 초록을 묻고

조용히 아주 조용히
초록이 숨을 쉰다
옥반지 알갱이가 부서질까봐
칠갑은 천장호수를 품에 꼬옥 껴안는다

아버지

아버지
어떤 나무인가 했더니
늙어 홀로 속이 썩어들어가면서도
겉은 청정한 척 말이 없이 홀로 선
마을 앞 외로운 정자나무였구려

아버지
어떤 동물인가 했더니
평생 짐을 짊어지고 일만하는
차마고도의 험난한 산을 넘는
히말라야 노새였구려

아버지
어떤 꽃인가 했더니
엄동설한 홀로 견디며 피었다가
따슨 봄햇살 한 번 즐기지 못하고
툭 떨어지는 쓸쓸한 겨울동백였구려

아버지
어떤 물고기인가 했더니

평생을 삶의 무게로 짓눌리다가
자식위해 희생하며 죽어가는
한마리 가시고기였구려.

눈 내리는 해변에서

눈이 내리기에 하얀 네 미소가 생각나서
무작정 찾아간 무창포 해변
거센 파도 속으로 숨어버리는
하얀 포말 속의 네 얼굴을
지우고 또 지우고 눈발처럼 흩날려도
네 허상은 겨울 인동초잎처럼 생생히 살아있구나.

눈 덮힌 백사장 위로 외롭게 찍힌 내 발자국들이
사랑을 버린 죄처럼 남겨질 때
해당화 잔가시 같은 내 마음이 저려오고
외로움은 홀로 선 등대처럼 바람을 맞고
하얀 눈은
내 슬픔 위에 소복소복 쌓인다

해진 어망을 깁는 어부의 손길같은
이 찢겨진 마음 조각들을 다듬으려
멀리 찾아간 무창포 해변에서
영혼마저 눈발처럼 휘날리고
사랑, 그 빈터에 바람소리 을씨년스럽다.

라일락 여인

늦은 4월 어느 봄날
자주색 원피스에 하얀 스카프를 두르고
봄의 열병을 앓던 뜨락에
깊은 향기만 남기고 떠나신
그 4월이 또 왔습니다

오랜 기다림 끝에
눈물 가득 고인 꽃자루마다
바람과 함께 달려와 안기는 님의 향기

라일락꽃이 피는 계절이 되면
그대 돌아올 기약은 없어도
향기만은 매년 내게 다가옵니다.

엄마의 손

나 어려서 배가 아플 적마다
약 없이도 낫게해준 엄마손은
사랑의 약손이었다

철없이 투정하고 반항하던 나를
따뜻한 마음으로 잡아주던 엄마손은
통통병을 치료하는 안정제였다

힘들고 어려워 낙심할 적마다
머리 쓰다듬으며 안아주던 엄마손은
희망을 일으켜주는 푯대이고 안식처였다

푸성귀 몇 가지에 별스런 조미료를 넣지않고도
주물주물 무쳐내온 맛좋은 반찬을 만든 엄마손은
사랑이라는 특별 조미료가 섞여있어서 맛있었다

늙어 힘줄만 툭 솟은 쭈굴한 모습에
손톱마저 닳아 뭉툭해진 엄마손
그래도 엄마손 냄새는 어느 꽃향보다 좋았다

달에게

네가 없는 밤은
아름답지 않다

둥근 보름달도
쭉정이 그믐달도
네가 있기에
내 영혼은
위로받으며 산다

달아
이제 그만 외로워해라
네 배경엔
수많은 별들이 있잖니?
떠났다가 되돌아 오는
구름들이 있잖니?

네가 없는 밤에
나는
벽이 허물어진 초가집이다.

가끔은 외로워도 하며 살자

저녁 노을 아래
고향 같은 타향에서
산마루에 해가 지면
검은 곡선 아래 하얀 연기를 보고도
고향이 그리워 외로웠다

평생 날 사랑해 줄 것만 같던 부모님이
저 먼나라로　떠나시고 나서
찬바람 부는 벌판에 홀로 서 있을 때
너무도 외로웠다

어느날 홀연히 곁을 떠나간 친구가 그리워
창밖 풍경에 허상을 그리며
눈시울 붉히던 그 가을엔
친구가 그리워 몹시도 외로웠다

이젠 외로워도 외롭다고 못하는 나이를
견디며 살다보니
꽃잎은 벌써 시들고
초록 이파리마저 갈색으로 물들인
찬바람마저 외롭다

그리움의 벽을 넘어
다가오는 외로움마저
버리고 살려고 노력한 날들
이젠 가끔은 외로워도 하며 살자.

바람처럼

내 마음벽에
분홍색 그리움이 짙게 드리우면
나뭇가지에도 걸리지 않는
청순한 바람처럼 살던, 네가 보고파서
조용히 아주 조용히
바람과 함께 다가갔다

외로운 날의 세상은
아주 사소한 것도 서러웠다
지나간 작은 일도 후회로 다가서고
누가 나의 이름을 불러주길 기다렸으나
내 존재는
바람처럼 공허한 것이었다

누군
삶이란 꿈꾸는 아름다움이라지만
바람처럼 스쳐간 존재의 이탈이
허무로 남는 날
집게발을 잃고도 울지 않는 게처럼
조용히 다가설 너를 기다리며
바람처럼 살아야겠다.

쪽빛 바다

바다는 언제나 가슴 설렌다.
찾아가 부르면 쪽빛 가슴으로
너울너울 춤추며 다가오는
파장이 긴 환희의 곡선
외로울 때마다 찾아와 부르면
그 속에서 꿈꾸는 생명이 자라고
그리운 이의 사랑이 잠잔다

마음이 시린 바다
물안개로 살포시 포옹해주고 싶은
너울들은
해조의 울음으로
은모랫길 비단을 깔고
긴 곡선이 하얀 포말을 부르면
그것이 내 마음의 모양이다

꿈꾸는 바다에서 나는
그대의 쪽빛 가슴에
흰 돛단배를 띄운다.

그리움

당신이 좋은 이유가
당신이 그리운 이유가
내 사는 이유하고 같다면
당신은 바람,
나는 바람 따라 흐르는 구름
그러다가
비가 되어 가슴을 적시는
당신의 모든 것들이
사랑입니다
그리움입니다.

첫눈은 내리는데

지나간 세월의 어깨 위로
그 이웃들 그 길모퉁이에
아직 못 떠난 낙엽은 애처로운데
어느새 흰 눈이 서성인다

어디에 못 다한 사랑
한점 그리움으로 남아있는가

어디에 위로해야 할
슬픈 눈물 한 점 남아있는가

회한의 안타까운 생각들로 한 세월은 가고
마음의 상처는 누구에게나 있는 것

첫눈은 내리는데
아직도 떠나지 못하는 그대 회상
그리고 그 미련, 아프다.

고향의 봄

구름이 흐르고 바람이 머물다 가는
내 고향 청라 언덕 아래로 옥계내 흐르고
고향집 노눅굴 가는 따뜻한 언덕에는
어릴적 나를 안아 준 소나무숲 동산이 있다

실개천 흐르는 맑은 물가엔
물양지꽃과 함께 놀던 송사리떼가
검정고무신 속에서 동요를 배우고
굴렁쇠 바퀴 따라 노을 속의 하루는 간다

낮달이 조용히 졸고있는 앞산머리에는
노오란 꾀꼬리 소리 높여 봄을 부르고
자운영꽃길 논둑을 따라 아지랑이 춤을 추면
나는 꽃잔치에 들떠 노래도 아닌 노래를 소리높여 불렀다

아카시아꽃 향기가 온동네에 향수를 뿌리면
농부는 목청 높여 소를 몰고
그 소리 메아리져 초가지붕마루를 넘으면
어느새 봄은 달려와 복사꽃 살구꽃을 피운다.

제3부

기다림

내 고향 빈집 같은 날들

고향집을 떠나온 후로
나는 내 삶이 언제나 낯설기만 했다

어느 눈설은 거리에서도
외진길 모퉁이 바람 차가운 들녘에서도

유년의 어린시절이 그리워
내 고향집 드나들던 오솔길을 그리며

그러나 지금은 빈 집, 아무도 살고있지 않은
앞마당 잡초만 무성히 조금씩 허물어져 가는 집

나는 그 고향집 외딴 빈집
오늘도 하루하루 이별하며 산다.

저 노을처럼

저녁노을처럼, 나도 예쁘게 사라지면 얼마나 좋을까
고요히 흘러 넓은 바다 속으로 잠기는 물처럼
내 인생도 그렇게 마감하면 얼마나 좋을까
올 때는 울고 왔어도 갈 때는 온화한 미소 속에
소리 없이 잠들면 얼마나 좋을까
이 세상에 남긴 것, 쓸 만한 것 하나 없어도
그저 고운 마음 하나 남기고 떠나면 얼마나 좋을까
노을을 보며, 노을을 보며 그 아름다움 속에서
가뭇없이, 조용히 눈 감는 마감은 얼마나 좋을까

산길 단상

산에 안기러 갔다
마음을 맡기고 싶어서 찾아갔다
산도 기꺼이 나를 받아주었다
하늘도 티없이 맑게 웃어주었다
구름도 가끔은 떠오고 산새도 맑은 노래를 불러 주었다
잠시 머물다 갈 인생이지만 계곡물처럼 살라고 했다
나무는 때로는 바람에 잎이 떨리지만 뿌리는 흔들리지 않았다
마음이 아플 때마다 찾아오라하는 넉넉함에 하루가 편안하다
그 산길 끝 닿는 곳에 삶이 있다

눈 내리는 추운날에도 나를 안아주겠지?

그 길에 서서

2월의 짧은 파장의 햇살 아래
송진향 풍기는 솔숲길을 걸어 다다른 길에서
지독한 외로움이 내 가슴에 존재하지 않았다면
나는 그대 그림자 뒤에서 한 없이 멀리 떠나
보잘것없는 고사초(枯死草)에 불과했을 것입니다

소나무 사이로 날아가는 외로운 저 햇살이
어느새 노을빛이 되어 연민의 바다를 물들이고
내겐 화인(火印)처럼 박힌 그대의 사랑이
해조(海鳥)의 울음처럼 솔숲 가득 채우면
그대 그리움에 몸서리치며 바다와 함께 울었을겁니다

어느 시인은
'그립다는 거, 그건 차라리 절실한 생존 같은 것'*이라지만
나는 솔바람에게 매달린 씨앗을 떨군 솔방울처럼
그대에게 매달린 가여운 빈 껍데기
그러나 그대, 내가 가여워서 사랑하진 말아요

2월의 숲, 하루가 다르게 야위어 가더라도
내가 가는 그 길에서
그대는 빛으로 남아, 아주 찬란한 빛으로 남아

늘푸른 소나무처럼 맑은 향을 주소서
그리고 청량한 바람이 되어 주소서.

* 조병화 시인의 말을 인용했음

한해를 보내며

지난 1년
행복했기에 더 그립습니다
힘들었기에 더 생각납니다
나를 위로해 준 사람들이 있었기에
더 사랑합니다
내 마음 언저리에
찬 눈이 쌓여 시린 날이 있어도
하얀 순수 그 마음 얻은 것만도 기쁩니다

새해엔
솔 숲바람 하나에도 고마워하고
한 줄기 고운 햇살에도 감사하며
낯선 사람의 작은 미소에도 위로받으며
길가의 풀꽃 하나에도 눈길을 주며
나의 가난한 기도가
아픈 사람들에게도 빛이 되어
외로운 사람들의 가슴에
별로 뜨고 싶다.

만추에

신이시여
마지막 떠나는 길에
이렇게 고운 단풍옷을 입혀
저 높은 가을 하늘이라는
맑은 거울에 보이더니
이제 서둘러 떠나는 저 곳
순백의 세상으로 덮으리니
나의 모든 기억을
낮은 이 땅에 잠재우고
내가 마지막 아름다울 때 찾아 온
때늦은 사랑이여
가슴 가득 안고 가소서
꽃시절보다 더 아름다운
원색의 사랑을 안은 고독이여!

늦가을 풍경

가을이 가고 있어요
자꾸 가고 있어요

작은 숲길
묵은 나무 껍질을 타고 오르던
빨간 애기 담쟁이 손이
애처럽게 보여요

바람이 불어요
찬바람이 불어요
후두둑 후두둑 떨어지는 낙엽이
숲길 고요를 깨뜨리네요

언뜻언뜻 보이는 파란 하늘에
하얀 낮달이 추워 보일 때
흰구름이 시를 쓰면
기러기들이 소리내어
시를 읽으며 가네요

가을 산길
다 쓸어 담을 수 없는

사색의 단풍잎들이
발 아래 밟힐 적마다
지난날이 바스락거리며 지나가네요.

가을이 오는 길목

밭 이랑 스치는 바람에
콩대 서걱이는 소리
수숫잎 팔 내두르며 춤을 추고
시골집 뒤란에
사각이는 나뭇잎 소리에
가을은 기어이 오고야 마네

앞산 너머 노을에
세상의 조용한 물들임
단풍은 하루가 다르게
산들을 채색하며
산허리 억새꽃은
하얀 이별을 손짓하며
철새들을 배웅하네

숨어 핀 산꽃, 들꽃
사랑처럼 익어가는 산열매
구름 그림자에
침묵으로 익어가고
계곡 도랑물 소리 따라
산국이 향기를 내려보내면

가을은 저만치서
쓸쓸히 찬바람 따라 오네.

가을 虛像

神은
오만함을 버리라고
가을을 만들었다

아프도록 시린
파란 가을 하늘도
미련 없이 버린
화려한 가을 옷자락도
부끄러워 떨고있는
깡마른 裸木도
쉽게 늙어버린
저 억새, 산꽃들도
쉽게 버리지 못하는
이 悲戀의 아픔도

神은
나를 버리라고
가을을 나에게 주었다.

단풍

저렇게 아름다운데 왜 쓸쓸할까?
하늘이 맑아 푸르기에
더 선명한 옷,

사랑이 깊어 더 외로웠던
한자리에 선 나무,

노을이 질 때 어둠에서 빛나던
그대 눈동자에 어린 무지갯빛 사랑,
이제 어디에 이 깊은 추억을 간직할까?
그저 낙엽이 되어 지면 그뿐
기억에서 사라질 사랑이란 걸 알면
울지 않으리.

바람 앞에 선 나는 외롭다.
단풍.

가을 민들레

아직도 그리워
못다한 이 정을
수줍게 길가에 피웠구나
가을 민들레

늦은 우리 만남일망정
순결한 사랑으로
예쁜 미소 지으면
이유도 없이 행복한
가을 민들레

고요한 이 길에도
당신의 발길이 머물게 해달라고
날마다 두 손 모으며
기도하는
가을 민들레.

노래는

노래는
나의 마음의 집이며
기도이다.

노래는
나의 과거와 현재와 미래가
살아있는 정원이다

노래는
나의 그리움과 기다림
그리고 사랑이 숨쉬는 뜨락이다

노래는
무지개와 노을과 흰 눈 내리는 들녘
그리고 빗줄기의 아련함 속에서
마음의 창을 열게하는 노크 소리이다

노래는
나의 꽃이며 나무이며 단풍잎이다
그리고 나를 깨우는 바람이다.

새는 노래한다

새는 노래한다
영혼을 노래로 표현한다
낮에는 말을 노래로 하고
잠든 밤에도 노래로 꿈꾼다

바람을 가르며
맑은 샘물 같은 눈동자로
옛날을 기억해내고
허허롭던 지난날을 노래로 기억한다

사랑이라는 은은한 향내,
퍼덕이는 은빛 날개의 순결,
하얗고 하얀 구름에 씻는
세상에 대한 세례,
분노를 모르는 맑은 눈동자,

새의 노래는
바람을 물들이는 하늘빛 영혼이며
그대를 기쁘게 하는 노을빛 사랑이다.

詩와 詩人

詩는 인간 영혼의 목소리다
그 詩를 읽는 사람은
그 영혼을 사랑하기 때문이다

詩는 아픈 영혼을 달래기도 하고
치유하기도 하며 재생하기도 한다

인간들이 벗어던진 누더기 영혼도
詩人은 주워서 깁고
아무렇지도 않게 버린 시간들을
애처로이 끌어안는다

지독한 사랑의 열병을 앓을 때
시인은 가장 고독하다

詩人의 영혼은 가난할수록
행복하다.

아코디언

너를 품에 안는 순간
모든 생각은 사라지고,
이 떨림이 없었다면
누구를 위한 노래가 되겠느냐

언 가슴 속에서
지난 세월의 고드름을 녹이며
나는 손풍금을 열고 닫는다.
아아,
모든 상처와 눈물이
사랑처럼 고결하게 씻기우는
이 애절함이 없었다면
누구를 위한 위로가 되겠느냐

너를 보듬고 끌어안아
가슴의 체온으로 녹이는 선율
아아
행복은 작은 뿌리에서 솟는 것
흐르는 인생만큼
세상을 바람통에 가두고 싶다.

그대 104

어디 멀리 서 있는 듯하나
가녀린 눈빛으로
꽃이 피는 환희와
꽃이 지는 아픔까지도
바람처럼 맴돌며 보고 있다.

스쳐 지나도 아프지 않은 바람처럼
포근한 미소 한 자락으로
꽃이 진 자리에서 열매가 열리고
그 자리를 바람은
다시 어루어 시를 만든다.

그대를 만난 길 2
― 백두산길에서

침엽수 우거진 원시 천연림 사이
산돼지와 다람쥐가 어울려 살고
손 시린 계곡물이 합주를 해주던
천상(天上)의 정원 숲길에서
숲처럼 푸르던 그대를 만난다.
거울 같은 작은 연못 속에 그려진
청아한 야생화와 초록 숲들이
작은 하늘을 가슴에 담고 꿈꾸는
소천지(小天池) 숨겨진 산속 연못가에서
담연록(潭淵綠) 물빛처럼 맑은 그대를 만난다.
해 저문 장백송 숲길 안개 낀 소로에서
어릴 적 부르던 동요에 가슴이 젖고
서녘 옅은 노을에 빨갛게 씻긴 태양 아래
하늘 높이 솟은 적송이 아름다운 숲길에서
미인송(美人松) 같은 그대를 만난다.
꿈이었을까? 하마 꿈이었을까?
8월에 내리는 빗속을 걸으며
때론 햇살 가득한 천상의 계단을 걸으며
백두의 야생화에 눈빛을 맞추고
그 젊었던 날들의 추억에의 회상이던가,
소녀 같은 미소를 지닌 그대를 만난다.

詩人은

詩人은 외롭다
파란 하늘이 열려도 외롭다
화려한 꽃들이 피어도 외롭다
세상이 너무 삭막해서 외롭고
아름다움을 감당하기 어려워도 외롭다
어디서 왔다가 어디로 가는지 몰라서 외롭고
우주가 너무 넓어서도 외롭다
세상은 눈물 나는 것뿐이고
세상은 외로운 것뿐이다
詩人은 외롭지 않으면
詩를 쓸 수 없다.

망초꽃

이 들녘
지천으로 널브러진
그리움의 미소들
그대
날 버리고 떠난다 해도
이 땅에 이렇게 또 피어나
그 잔잔한 웃음들을
저녁 노을빛에
부쳐 드리오리.

초록을 만나다

연둣빛 숨결이
순결처럼 다가오는 오월
순한 초록이 가슴에 살포시 젖어들면
내가 착해진다
순하디 순한 햇살처럼
마음의 창에 서서히 색칠하며
초록을 만나면
가슴 가득 차오르는 연가를
초록 속에 묻어둔다

산다는 것은 이렇게
착하고 순해지면서
따슨 빛을 온 몸에 받는 것인가보다.

늙어가면서

우리가 아름답게 늙을 수 있는 것은
우리 안에 용서와 사랑이 항상 가득하여
따뜻한 마음을 만들어내기 때문이다

우리가 너그러이 늙을 수 있는 것은
우리 안에 욕심을 버리고 베풀며 살아갈 때
받는 이보다 주는 기쁨이 더 크다는 걸 알기 때문이다

우리가 행복하게 늙을 수 있는 것은
지난 세월의 교만과 자존심을 내려놓고
낮은 자세로 봉사하며 살기 때문이다

우리가 사랑하며 늙을 수 있는 것은
참고 견디기 어려운 눈물을 이기고 살아온 날들을
인격이란 넓은 그릇에 담아두고 날마다 닦아내기 때문이다

우리가 기뻐하며 늙을 수 있는 것은
내 안에 살아 숨쉬는 하나님의 사랑이
날마다 가슴을 고동치게 하기 때문이다.

목련화

내 영혼에 들어박힌 꽃잎들이
눈 앞으로 뚝뚝 떨어진다

아름다운 것은
한순간에 사라진다

산드러진* 그대 모습을
오래토록 보고싶다
목련화

북쪽으로 꽃잎을 연
너 애처로운 봉우리
그 해 봄은
유난히도 을씨년스럽다

*산드러지다 : 태도가 맵시 있고 말쑥하다.

이별

고요가 숨쉬는
한적한 나뭇가지 위
가녀린 햇살이
빈 둥지만 비추고 있네

둥지 안의 작은 사랑은
다
어디로 떠났을까?.

어둠에 대하여

어느 화려한 꽃도
어둠을 거치지 않고 피어났더냐
어느 달콤한 열매도
어둠없이 향긋한 과일이 되었더냐
사랑도 어둠 뒤에
더 깊어지고
인생도 어둠뒤에
더 행복해질지니
밝은 태양도
어둠 뒤에서 솟아오르고
우리 희망도
어둠속에 숨어 산다.

겨울산

시리게 마음 아픈 사람
모두 받아주느라
온 몸이
하얗게 세었구나

달이 산을 오를 때
하산 하듯이
너도 언젠가는 마음을 내려 놓으리라.

사진

사진은
자연으로 마음을 여는
문이다

사람과 자연의
생태적 공존을 증거하는
현장이며
자연을 사랑하는
또 다른 방법이다

사진은
자연의 소리도 영혼도
내 마음에 비친
눈이다.

선재길

고즈넉한 선재길 너머
부처님을 기다린다.
숲 따라 바람이 지나는 길
부처님 사랑이 내려온다.

버리고 떠난다는 것은
나답게 사는 방법을 익히는 것*

탑 아래 목탁 소리가
초록빛 숲으로 세상을 걸러내면
고요한 월정사 풍경 소리가
맑고 가볍다.

번뇌의 바랑을 언뜻 내려놓고
나도 가벼이 바람에 날린다.

*법정 스님의 말씀을 인용함

기다림

동백나무 꽃잎이 떨어져 봄은 홀연히 떠나갔다
모란꽃 섧게 울고 간 뒤란엔 여름이 떨어졌다
곱디고운 단풍나무 아래로 가을은 벌써 지고 있다
찬 서릿발 위로 하얀 폭설이 내리면 한 해도 간다

세월은 이별보다 더 아픈
기다림에 몸살을 앓는다.

한해가 가면 또 한 해가 온다지만
계절마다 이별하는 아픔보다
목 늘여 기다리는 기약 없는 시간들.

사랑은 기다림이 아니라
한 발자국씩 찾아 떠나는 여행이라던데.

서정의 영지(領地)에 뿌린 꽃씨

— 이재봉 시인의 3시집 작품세계

문학평론가 리 헌 석

(사) 문학사랑협의회 이사장

1.

이재봉 시인은 1949년 충남 보령시 청라면 옥계리에서 태어나고 성장한다. 옥계는 오서산 기슭이어서 산자수명(山紫水明)한 곳이다. 주민의 삶이 퍽퍽할 정도로 벽지에 가깝지만, 옥계초등학교 인근에서 소매점을 운영하는 어머니와 유명한 정원사로 활동하는 아버지 덕분에 시인은 가난을 면한 듯하다. 8남매 중 장남으로 태어난 시인은 자녀를 생산하지 못한 백부(伯父)의 양자로 입적되어 유년기에 모친의 품을 떠난다.

다행스럽게 백부 댁은 경제적 여유가 있어, 옥계초등학교를 졸업한 후, 대천중학교로 진학할 수 있었으며, 충남 공주시에 소재한 공주사범대학 부속고등학교로 유학하여 학업에 매진하게 된다. 교육자의 길을 소망하던 시인은 공주교육대학교에 진학하여 평생 초등교육에 전념한다. 교단에서 학생들을 직접 지도하는 것이 '진정한 교육자의 삶'이라는 굳은 의식으로 40여 년을 평교사로 일관한다.

세상의 물욕과 출세욕을 버린 시인의 여유로운 의식은 그의 삶에 윤기를 불어넣는다. 자유로운 영혼으로 인생을 설계하기에 이르지만, 이순(耳順)을 넘기면서부터 수구초심(首丘初心)의 정서가 발현된다. 고향에 대한 아련한 향수, 어머니로 대유되는 가족들에 대한 그리움이 표면화된다.

> 화사한 웃음으로 맞이하던
> 코스모스 신작로
> 내 어릴 적 이름은
> 그 풍광 속에서 가물거린다.
>
> 날 키워 준 실바람이
> 골목 뒤에 숨어 있다 나오면,
> 먼발치 사립문 앞에서
> 목 늘여 기다리던 울 엄니가
> 이젠 저 산기슭에서
> 억새꽃이 되어 손을 흔든다.
>
> 꿈속에서도 그립던
> 내 고향 실개천
> 구릉 너머 작은 집에서 종일
> 어머니 아늑한 품에 젖는다.
>
> ― 「고향 집」 전문

생모(生母)께서 사시던 고향의 옛집을 시인이 자주 찾는다. 빈 집으로 남아 있지만, 그리하여 세월에 따라 퇴색되어 가는 곳이지만, 시인은 어릴 때 살던 그 현장에 서면 어머니의 품처럼 평온해진다. 어머니는 작고하셨지만, 산기슭에서 흔들리는 억새꽃으로 현신(現身)하여 시인을 반긴다. 자신의 이름을 불러주는 사람들은 멀리 떠났지만, 예나 지금이나 한결 같은 실바람이 어머니 마음처럼 자신을 반긴다.

어머니를 생각하면 시인의 가슴이 먹먹해진다. 맏아들을 백부님 댁의 양자로 보내실 때의 정황을 시인은 미루어 노래한다. 〈눈물을 뿌리시며, 가슴 두드리며/ 새끼를 떠나보내신 어머니〉를 생각하면 〈자꾸 눌러오는 설움에/ 치마폭이 다 젖도록 울었다〉(어머니 1)는 모정을 형상화한다. 〈삭풍 몰아치는/ 이 매서운 바람이/ 문풍지를 울릴 때면/ 못난 새끼 둔 걱정 때문에〉(어머니 2) 뜬눈으로 새우실 어머니를 그리워한다. 생모에 대한 애틋한 정서와 함께, 자신을 정성으로 길러주신 '양어머니'에 대한 그리움과 감사함도 잊지 않는다.

가슴으로 빚은 한 떨기 꽃이셨지요. 이른 봄 향기 가득한 백합을 집안 가득 채우시고, 외로운 가슴으로 당신 닮은 꽃을 피우셨지요. 성미 급한 아버님 불호령도 메아리 없는 벽처럼 안고 흡수하신 눈물이었어요. 자식 못 낳은 여자의 아픔에 울타리 밖으로 얼굴 내놓기 싫어 평생 담벼락 밑에 백합꽃만 심고 가꾸셨지요. 어쩌다 햇빛 쌓인 뜰에서 하얀 구름 몇 조각 치마폭에 싸안을라치면 눈물부터 앞서시던 어머니. 나 하나 오리새끼처럼 품에 안고 백합꽃을 피우시며, 아픔을 숙명으로 인내한 여자, 그 곱던 단풍이 지고, 겨울 한파에 세상이 떨고 있을 때 중용이란 의미를 심어주시고, 늘 머리 쓰다듬어 주시던 엄마의 마음으로 나를 돌보셨지요. 이른 봄 백합이 움틀 때, 56년의 짧은 마감, 꽃 속으로, 구름 속으로 외롭게 떠나신 날, 흰 고무신 두 짝 나란히 대문청에, 그 꽃처럼 놓여 있었습니다. 지금도 그 집에는 어머니 닮은 백합이 마냥 피어납니다. 어머니!

—「양 어머니」 전문

낳아 주신 생부와 생모, 그리고 길러주신 양부와 양모를 모신 이재봉 시인은 다른 사람보다 '그리움'이 두 배쯤 될 것 같다. 그리하여 시인은 평생 가슴 먹먹한 그리움의 정서를 안고 살아낸 것 같다. 어린 시절에 체험한 '만남과 이별'은 시인의 가슴에 감당하기 힘든 그림자로 작용하였을 터이며, 이 과정에서 비롯된 운명적 그리움을 작품에 담아낸다.

간절한 그리움은 「한가위 연가」에서도 나타난다. 〈초저녁별이/ 들풀과 속삭이고〉 실개천에서 흐르는 〈물소리들이/ 풀벌레와 노래하는〉 고향 마을의 특정한 '여인'을 그리워한다. 그 여인은 〈물봉선 으깨어〉 손톱에 자주색 그리움을 남겨준 사람이다. 그 대상은 지금도 마음에 깊이 간직한 사람일 터이며, 〈문신처럼 지워지지 않는〉 사람이다. 이는 어머니일 수도 있고, 양어머니일 수도 있다. 혹은 첫사랑의 여인이거나 한국적 정서를 간직한 여인상으로도 보아도 좋을 정도로 다의성을 내포한다.

2.

이재봉 시인은 공주교육대학에 입학하여 '석초문학회'에 참여하여 문학 창작에 입문한다. 이후 어린이 교육에 전념하면서 꾸준히 시 창작에 정진하여 1997년에 1시집 『그대가 그리는 그림』을 발간한다. 이 시집의 '후기'에서 시인은 〈공허한 시간들을/ 빈 공원에서 낙엽을 줍는 마음으로/ 책갈피 속에 한 장 한 장 주워 둔/ 단풍잎 같은 추억들〉로 엮었다고 밝힌다. 〈그리워하면서 얻는 아픔과/ 사랑하면서 깨닫는 지혜〉도 담았다고 고백한다. 〈나의 그대, 나의 하나님/ 그 영원한 순수 속에서/ 호흡하며/ 가슴으로 부르는 노래〉를 부르겠다고 다짐한다.

이와 같은 열정으로 1999년에 2시집 『사랑, 그것은 지지 않는 노을입니다』를 발간한다. 이 시집의 '편집후기'에서 〈삶은 살수록 설레는 환상 같은 것〉이라는 잠언을 찾아낸다. 〈나는 당신의 따사로움 앞에서/ 당신의 순수 앞에서, 당신의 아름다움 앞에서/ 누에가 실을 뽑듯〉 자연스럽게 시를 빚는다고 말한다. 이는 〈그리움 외로움에 대한 나의 작은 위안〉이라고 자신이 빚는 시의 성격을 천명한다.

> 詩人은 외롭다
> 파란 하늘이 열려도 외롭다
> 화려한 꽃들이 피어도 외롭다
> 세상이 너무 삭막해서 외롭고
> 아름다움을 감당키 어려워도 외롭다
> 어디서 왔다가 어디로 가는지 몰라서 외롭고
> 우주가 너무 넓어서도 외롭다
> 세상은 눈물 나는 것뿐이고
> 세상은 외로운 것뿐이다
> 詩人은 외롭지 않으면
> 詩를 쓸 수 없다.
> ─「시인(詩人)은」 전문

그는 그리움과 외로움을 동질적으로 인식하고 있는 듯하다. 이 둘은 상호 보완적이며, 때로는 상호 종속적 성격을 띤다. 그리움과 외로움의 원천은 부재(不在)에 닿아 있다. 사람이 그리운 것은 그 대상과 동반하지 않음이며, 외롭다는 것 역시 소통

할 대상의 부재에 기인한다. 이는 또한 상호 종속적 속성을 갖기도 하는데, 그리움은 외로움을 생성(生成)하기도 하며, 외로움으로 인해 그리움이 배태(胚胎)되기도 한다.

시인은 그리움과 외로움을 극복하기 위해 시를 빚고, 배구를 비롯한 아마추어 체육활동에도 집중한다. 동시에 '아코디언' 연주에 몰두하여 봉사활동에도 앞장선다. 동호인들이 연찬하여 노인 요양시설을 찾아 연주 봉사를 하거나, 어린이들을 돌보는 시설을 찾아 교육 봉사를 한다. 이러한 일들은 그의 내면에 감동의 파문(波紋)을 일으키고, 이로 인해 정서적 물결의 동그라미가 퍼지면서 공감의 영역도 확대된다. 이렇듯이 내면의 갈등을 극복하면서 사회적 가치를 실현하는 시인의 자세가 아름답다.

> 너를 품에 안는 순간
> 모든 생각은 사라지고,
> 이 떨림이 없었다면
> 누구를 위한 노래가 되겠느냐
>
> 언 가슴 속에서
> 지난 세월의 고드름을 녹이며
> 나는 손풍금을 열고 닫는다.
> 아아,
> 모든 상처와 눈물이
> 사랑처럼 고결하게 씻기우는
> 이 애절함이 없었다면
> 누구를 위한 위로가 되겠느냐
>
> 너를 보듬고 끌어안아

가슴의 체온으로 녹이는 선율
아아
행복은 작은 뿌리에서 솟는 것
흐르는 인생만큼
세상을 바람통에 가두고 싶다.

　　　　　　　　　　　　 ―「아코디언」 전문

　서두에서 시인은 〈너를 품에 안는 순간/ 모든 생각은 사라지고,/ 이 떨림이 없었다면/ 누구를 위한 노래가 되겠느냐〉고 자문(自問)한다. 아코디언을 안고 연주를 하면 온갖 번뇌에서 벗어날 정도로 몰두하게 된다. 이 과정에서 생성되는 '떨림'이 핵심을 이룬다. 이 떨림이 바로 감동인데, 1차로 몸서리를 칠 정도로 감동의 물결이 밀리는 상태로 연주를 해야, 2차로 청중들도 동질의 감동을 수용하게 된다. 이와 같은 감동의 상호 작용에 의하여 예술은 공감대의 영역을 확장하게 되는 것이다.

　공감대의 형성은 〈언 가슴 속에서/ 지난 세월의 고드름〉을 녹인다. 〈상처와 눈물이/ 사랑처럼 고결하게 씻기우는/ 이 애절함〉에 의하여 상호 위안이 된다. 아코디언을 안고 〈가슴의 체온으로 녹이는 선율〉을 바탕으로 '행복'이 생성되고, 이 행복을 나누기 위하여 시인은 그립고 외로웠던 '세상'을 아코디언의 바람통에 가두었다가 나눈다. 사람들은 정도의 차이가 있겠지만, 조금쯤 외롭고 아프게 마련이다. 이를 예술로 승화시키는 긍정적 자세가 요구될 뿐이다.

어젯밤 늦도록 첫눈이 내렸어요
그 님 생각이 별이 되어 내렸어요
칠월에도 사랑의 눈이 창가 가득 내렸어요

가장 빛날 때 가장 고독하던
칠월의 별빛
내가 소유한 모든 것을 눈밭에 버리고
오직 한 별만 보았어요
첫눈으로 내리는 하얀 별
어두운 창가가 환해졌어요
첫눈 같은 당신 때문에.
　　　　　　　 ―「칠월에 내리는 눈」 전문

　이 작품은 은유와 역설(逆說)이 빛나는 절창(絶唱)이다. 7
월의 하늘에서 빛나는 별이 창가에 가득 내렸다는 시각은 독
자성을 띤 역설이다. 7월의 별이 눈으로 내리게 된 동인(動因)
은 '님 생각'이다. 〈별이 가장 빛날 때 가장 고독하던/ 칠월의
별빛〉은 〈내가 소유한 모든 것을 눈밭〉에 버리고 떠난 '님'에
기인한다. 시인에게는 구체적이고 분명한 실체가 존재하겠지
만, 작품을 감상하는 독자들은 시의 행간에서 유추할 뿐인데,
그는 오직 '한 별'에만 집중할 수밖에 없는 운명적 사랑을 평생
간직하며 살기로 한 것 같다.

　그는 자신의 '사랑'이 시를 쓰게 하였다고, 그 사랑의 순수가
자신을 지탱하는 힘이라고 고백한 바 있다. 시를 창작하고, 시
집을 발간하면서 '떠도는 자신의 마음'을 다잡아 보려고 노력
하는 중이라고 밝힌 바 있다.

　그러나 사랑으로 인한 시 쓰기는 '시지프스'의 운명처럼 고
단하면서도 지속할 수밖에 없는 작업이다. 그리스 신화에서,
명계(冥界)의 신 '하데스'에 의해 형벌을 받은 '시지프스'는 바
위산의 정상에 돌을 올린다. 정상에 이른 돌이 굴러 떨어지면,
그 돌을 다시 산의 정상으로 밀어 올리는 일을 반복한다. '하늘

이 없는 공간' '헤아릴 수 없는 시간'과 싸우는 가혹한 형벌을 받으면서도, '시지프스'는 신(神)들이 맛보지 못한 '고통 속의 쾌감(快感)'을 맛본다. 고통 속의 쾌감, 이것이 시인에게 시를 빚게 만드는 신화적 동인(動因)이며, 인간으로서 누릴 수 있는 특권이기도 하다.

> 침엽수 우거진 원시 천연림 사이
> 산돼지와 다람쥐가 어울려 살고
> 손 시린 계곡물이 합주를 해주던
> 천상(天上)의 정원 숲길에서
> 숲처럼 푸르던 그대를 만난다.
> 거울 같은 작은 연못 속에 그려진
> 청아한 야생화와 초록 숲들이
> 작은 하늘을 가슴에 담고 꿈꾸는
> 소천지(小天池) 숨겨진 산속 연못가에서
> 담연록(潭淵綠) 물빛처럼 맑은 그대를 만난다.
> 해 저문 장백송 숲길 안개 낀 소로에서
> 어릴 적 부르던 동요에 가슴이 젖고
> 서녘 옅은 노을에 빨갛게 씻긴 태양 아래
> 하늘 높이 솟은 적송이 아름다운 숲길에서
> 미인송(美人松) 같은 그대를 만난다.
> 꿈이었을까? 하마 꿈이었을까?
> 8월에 내리는 빗속을 걸으며
> 때론 햇살 가득한 천상의 계단을 걸으며
> 백두의 야생화에 눈빛을 맞추고
> 그 젊었던 날들의 추억에의 회상이던가,
> 소녀 같은 미소를 지닌 그대를 만난다.
> ─ 「그대를 만난 길 2」 전문

부제(副題)가 '백두산에서'로 발표된 이 작품은 자연의 아름다움 속에서도 그리운 사람을 연상할 수밖에 없는 '시지프스'의 운명을 확인한다. 시인은 침엽수 우거진 원시 천연림 〈천상(天上)의 정원 숲길에서/ 숲처럼 푸르던 그대〉를 만난다. 그리운 '그대'는 아름다운 숲길에 미인송(美人松)으로 서 있다. 이러한 연상은 자잘하게 피어 있는 '백두의 야생화'로 정서가 이입(移入)되기도 하고, 지난날의 추억을 회상하면서 그리운 사람을 만난다. 이 같은 감각적 은유는 이재봉 시인의 작품 수준을 높이는데 기능한다.

그는 어떤 사물을 만나든지 그리움의 대상과 연계한다. 작품 「그대 그리워서」에서 시인은 숲길로 간다. 적막한 길옆의 그대 앞에 서면 분홍 싸리꽃이 되는 자신을 확인한다. 그대가 있는 산길에 서면, 혼자 있어도 가슴 두근거리며, 그 이름을 부르며 노래를 하는 작은 도랑이 되고 싶어진다. 밤새워 별들이 놀다간 초롱꽃 동산에서 그는 꽃봉오리들을 만나는 바람이 되지만, 그의 내면에 남아 있는 정서적 부재(不在)는 아름답고 고즈넉한 삶의 마지막을 소망한다.

> 저녁노을처럼, 나도 예쁘게 사라지면 얼마나 좋을까
> 고요히 흘러 넓은 바다 속으로 잠기는 물처럼
> 내 인생도 그렇게 마감하면 얼마나 좋을까
> 올 때는 울고 왔어도 갈 때는 온화한 미소 속에
> 소리 없이 잠들면 얼마나 좋을까
> 이 세상에 남긴 것, 쓸 만한 것 하나 없어도
> 그저 고운 마음 하나 남기고 떠나면 얼마나 좋을까
> 노을을 보며, 노을을 보며 그 아름다움 속에서
> 가뭇없이, 조용히 눈 감는 마감은 얼마나 좋을까
> ― 「저 노을처럼」 전문

이러한 바람은 이재봉 시인만의 소망이 아닐 터이다. 많은 사람들이 이처럼 아름다운 종말을 소망할 것이지만, 이와 같은 복을 누구나 누리는 것은 아니다. 아름다운 종말을 염원하는 시인의 현재는 '행복하다'는 반어적 발상에 기인한다. 「선물」에서 시인은 〈아! 나는 무슨 복이 이렇게 많길래/ 날마다 가슴 가득 선물을 받는 것일까?〉라는 반문(反問)에서 유추가 가능하다.

그를 둘러싸고 있는 자연, 그리고 인연을 맺고 있는 사람들, 그리하여 자신이 영위하고 있는 삶이 아름답고 행복하다는 자의식이다. 〈아침이면/ 새소리와 함께 다가오는 명상〉 〈샛바람이 싣고 오는/ 자잘한 산꽃들의 미소〉 〈날마다 새벽달 속에서 깨어나는/ 아름다운 그대 환상〉 〈아름답게 수놓는/ 가장 순결한 시간들〉 〈저녁 어스름이 내리면/ 오늘도 사랑과 봉사와 배려하는 마음을/ 조금씩이라도 주신 그 은혜〉 〈그대 생각에 잠들 수 있음〉 등에 의하여 행복할 수밖에 없다는 긍정적 시심이 오롯하다.

3.
이재봉 시인은 십여 년간 빚어온 작품들로 3시집을 발간하는 과정에서, 문학계의 아킬레스건을 만나, 실존하는 등단(登壇) 문제를 심사숙고(深思熟考)하기에 이른다. 그는 좋은 작품으로 독자들과 만나겠다는 소신에 의해 세속의 등단 과정을 거부한 바 있다. 이는 결혼식을 올리지 않고 배우자를 만나 자녀들을 낳아 잘 기르면 된다는 생각과 유사하다. 그러나 이런 생각으로 동거하는 사람들은 의식(儀式)으로서의 결혼식이 아킬레스건으로 상존(尙存)한다. 이와 같은 의식을 극복하는 것은 쉽지 않은 것 같다.

이에 이재봉 시인은 전문 문인으로서 당당하게 활동하기 위해 창작의 아킬레스건을 극복하고자 한 듯하다. 그리하여 〈작은 소망과 결고운 이야기, 서정의 아름다운 메아리를 가꾸는 문학전문지〉 『문학사랑』의 신인작품상을 수상하여 시인으로 등단한다. 이를 계기로 3시집을 발간하여 견고한 서정세계를 구축한다.

> 어디 멀리 서 있는 듯하나
> 가녀린 눈빛으로
> 꽃이 피는 환희와
> 꽃이 지는 아픔까지도
> 바람처럼 맴돌며 보고 있다.
>
> 스쳐 지나도 아프지 않은 바람처럼
> 포근한 미소 한 자락으로
> 꽃이 진 자리에서 열매가 열리고
> 그 자리를 바람은
> 다시 어루어 시를 만든다.
> ─「그대 104」 전문

시인의 '그대'는 대상이 불특정 다수일 뿐더러, 그 양상도 헤아릴 수 없을 정도로 다양할 터이다. 이 작품의 '그대'를 특정할 수는 없지만, 「그 칠월에」의 '순임'으로 보아도 무방할 것 같다. 〈자귀나무꽃 산 어귀에서/ 삐비풀을 뽑아 손떡 만들어 주던/ 풀냄새 나던 순임이〉는 동화처럼 순수한 친구다. 순임이는 〈백합꽃 같은 순정을 심어놓고/ 열세 살 적 사랑꿈〉을 남긴 사람이다. 그래서 〈칠월만 되면/ 하얀 낮달 속에 살아나 내게 다가오던 날/ 달맞이꽃 피는 저녁 시냇가 뚝방에 서서/ 그녀를 사리(舍利)처럼 가슴〉에 묻는다.

그로 하여금 시를 짓게 만드는 원동력은 「눈 내리는 해변에서」에도 절실하게 투영되어 있다. 눈이 내리기에 무작정 찾아간 무창포 해변에서 시인은 여러 잔상(殘像)을 만난다. 〈거센 파도 속으로 숨어버리는/ 하얀 포말 속의 네 얼굴〉과 지우고 또 지워도 겨울 인동초처럼 생생히 살아나는 〈네 허상〉 때문에 〈해당화 잔 가시와 같은 내 마음〉이 저려 온다. 그러나 〈해진 어망을 깁는 어부의 손길 같은/ 이 찢겨진 마음 조각들〉을 다듬으려는 의식이 새로운 변화를 암시한다. 이 변화는 내적 깨달음에 근거한다.

> 고즈넉한 선재길 너머
> 부처님을 기다린다.
> 숲 따라 바람이 지나는 길
> 부처님 사랑이 내려온다.
>
> 버리고 떠난다는 것은
> 나답게 사는 방법을 익히는 것
>
> 탑 아래 목탁 소리가
> 초록빛 숲으로 세상을 걸러내면
> 고요한 월정사 풍경 소리가
> 맑고 가볍다.
>
> 번뇌의 바랑을 언뜻 내려놓고

나도 가벼이 바람에 날린다.
　　　　　　　　　　　—「선재길」 전문

　선재길은 고유명사겠지만, 그 의미는 '선재(善哉)'에 닿아
있다. 이는 종교적 깨달음에 이르렀을 때나, 마음으로 바라던
일이 이루어졌을 때 '정말 좋다!'는 의미의 감탄사이다. 환언하
면 '선재길'은 깨달음을 얻기 위해 찾아가는 구도의 길이다. 시
인은 조용한 길을 지나 부처님을 만나서 '참 나'를 찾는 법어
(法語)를 모시고자 한다. 그 때 〈버리고 떠난다는 것은/ 나답
게 사는 방법을 익히는 것〉이라는 법정 스님의 법문이 되살아
난다. 이를 통하여 〈탑 아래 목탁소리가/ 초록빛 숲〉으로 세
상의 오욕칠정(五慾七情)을 걸러내어 고요한 경지에 이르게
한다.

　그리하여 시인은 〈번뇌의 바랑을 언뜻 내려놓고〉 가벼이
바람에 날리는 해탈의 경지에 이른다. 이는 깨달음과 수양함
을 일거(一擧)에 이루는 돈오돈수(頓悟頓修)에 해당하는데,
오랜 수양기간에 정진한 후 이르는 놀라운 경지다. 평범한 사
람들은 특정한 계기에 의해 깨달은 후, 가열하게 수양해 나가
는 돈오점수(頓悟漸修)를 지향한다. 이재봉 시인은 큰 깨달음
을 바탕으로 세상을 청량하게 살아낼 것 같다. 마음을 가라앉
힌 허정(虛靜)의 경지에 시의 지탑(紙塔)을 오롯하게 쌓으리
라 기대하게 한다.

사랑, 그리움 그리고 기다림

이재봉 시집

발 행 일 | 2015년 11월 16일
지 은 이 | 이재봉
발 행 인 | 李憲錫
발 행 처 | 오늘의문학사
출판등록 | 제55호(1993년 6월 23일)
주   소 | 대전광역시 동구 대전로 867번길 52(삼성동 한밭오피스텔 401호)
전화번호 | (042)624-2980
팩시밀리 | (042)628-2983
홈페이지 | http://www.lito77.co.kr(홈페이지)
전자우편 | hs2980@hanmail.net

공 급 처 | 한국출판협동조합
주문전화 | (070)7119-1741~2
팩시밀리 | (031)944-8234~6

ISBN 978-89-5669-718-5 (03810)
값 8,000원

ⓒ이재봉. 2015

* 이 책은 ㈜교보문고에서 E-Book(전자책)으로 제작 · 판매합니다.
* 잘못 제작된 책은 바꾸어 드립니다.